Do mo mhac baistí Adam
- AnnMarie

Do Mháire Uí Mhaicín na n-éachtaí,
le cion - *Ré*

An Chéad Chló 2012, MÓINÍN
Loch Reasca, Baile Uí Bheacháin, Co. an Chláir, Éire.
Fón / Facs (065) 707 7256
Ríomhphost: moinin@eircom.net
Idirlíon: www.moinin.ie

Foras na Gaeilge

Tá MÓINÍN buíoch de
Fhoras na Gaeilge
as tacaíocht airgeadais a chur ar fáil.

Tá taifead catalóige i leith an leabhair seo ar fáil
i Leabharlann Náisiúnta na hÉireann.

Tá taifead catalóige CIP i leith an leabhair seo ar fáil
i Leabharlann na Breataine.

ISBN 978-0-9564926-6-1

Dearadh Téacs agus Léaráidí le Link Associates

Arna phriontáil agus cheangal ag Castle Print Ltd., Gaillimh.

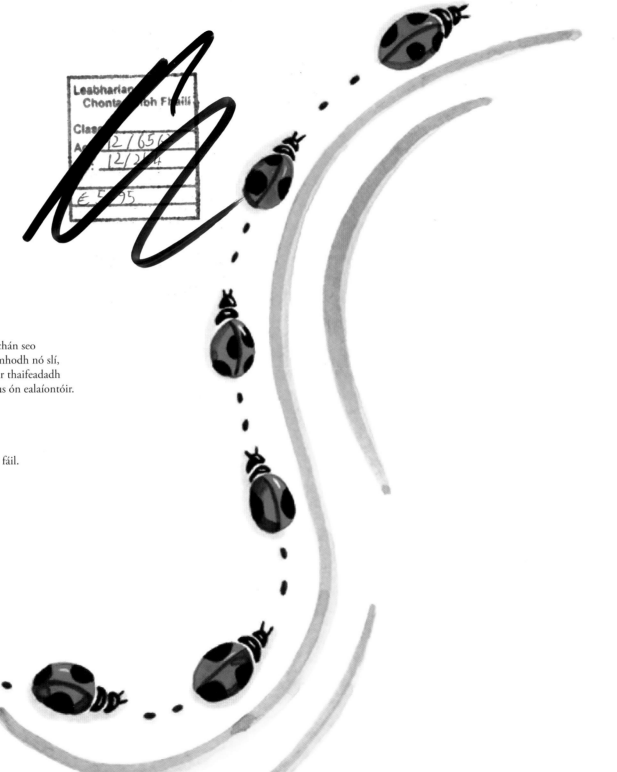

An Coileach a Chailleann a Ghlór

Ré Ó Laighléis & AnnMarie McCarthy

Lá breá gréine buí.

Siúlann Cóilín Coileach isteach i gclós na feirme.

Bhuel, nach é Cóilín atá dathúil! Nach é Cóilín atá mustrach!

Nach é Cóilín atá lán de féin! Féach dathanna áille na gcleití atá air.

Cleití gorma, cleití donna, cleití buí agus cleití dearga. Cleití Chóilín Coileach!

Agus féach ainmhithe eile na feirme ag breathnú air ón scioból.

"Móra duit, a Chóilín," arsa na hainmhithe d'aon ghuth.

Ach ní bhreathnaíonn Cóilín orthu, fiú.

Crochann sé a chloigeann go hard san aer agus siúlann sé leis.

"Sea, go deimhin," a deir na hainmhithe,

"tá Cóilín Coileach dathúil mustrach lán de féin."

Osclaíonn Cóilín Coileach a ghob chun a *choc-a-dúdail-dú*
a fhógairt leis an domhan mór.
Ach céard seo? Ní thagann a dhath as a bhéal.
Cá bhfuil a *choc-a-dúdail-dú?* Cá bhfuil a *choc-a-dúdail-dú?*
Ní hann dá ghlór! Ní hann dá ghlór! Gan gíog ná míog ná fíog ná bíog!
Bhuel, a leithéid! Gan aon *choc-a-dúdail-dú* ag Cóilín Coileach a thuilleadh!
Gan aige ach an cogar.
"Cá ndeachaigh mo ghlór ar chor ar bith?" arsa Cóilín.
"Cá ndeachaigh mo ghlór?"
B'fhéidir, arsa Cóilín leis féin ansin, go mbeidh a fhios ag na hainmhithe eile
cá ndeachaigh mo ghlór. Agus bailíonn sé leis . . .

Agus dídeal-daighdil-dó,
Is ar aghaidh le Cóilín-ó,
Nó go dtagann sé a fhad le Cormac Cat.

Sea, cé a fheiceann sé roimhe ag an ngeata ach Cormac Cat, agus a ruball faoi.

"Cogar, a Chormaic," arsa Cóilín, "ní fhaca tú mo ghlór in áit ar bith, an bhfaca?"

"*Mííaúúúú!* Do ghlór, a Chóilín!" arsa Cormac Cat. "An bhfaca mé do ghlór, an ea?"

"Sea, sea, a Chormaic," arsa Cóilín, de chogar eile fós. "Tá mé gan ghlór."

"Úúúúú!" arsa Cormac. "Coileach gan ghlór! Hmm, níl sin go maith mar scéal ar chor ar bith! Fan soicind go bhfeice mé," ar sé, agus ardaíonn sé a thóin den talamh chun breathnú faoina ruball.

Ach níl rian de ghlór Chóilín le feiceáil ansin.

"*Mííaúúúú!*" arsa Cormac arís, agus é ag smaoineamh. "Seans go bhfaca na géanna é," ar sé. "Tá a fhios agat mar a bhíonn gach rud ar a n-eolas ag na géanna."

"Na géanna! Na géanna!" arsa Cóilín. "Bhuel, Dia leat, a Chormaic."

Agus bailíonn Cóilín Coileach leis chun labhairt leis na géanna.

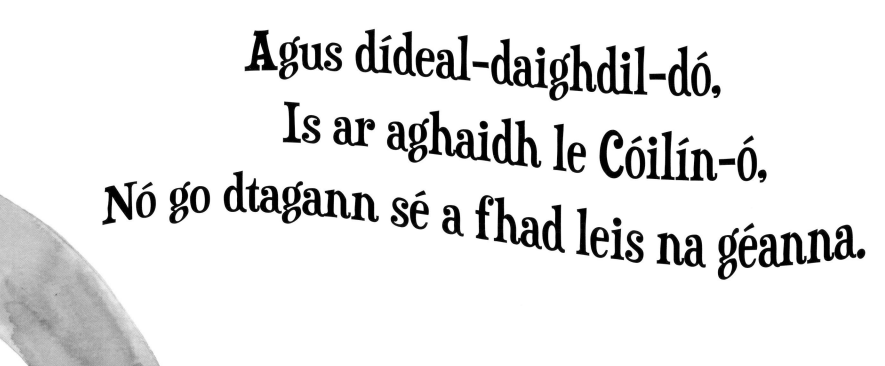

Agus dídeal-daighdil-dó,
Is ar aghaidh le Cóilín-ó,
Nó go dtagann sé a fhad leis na géanna.

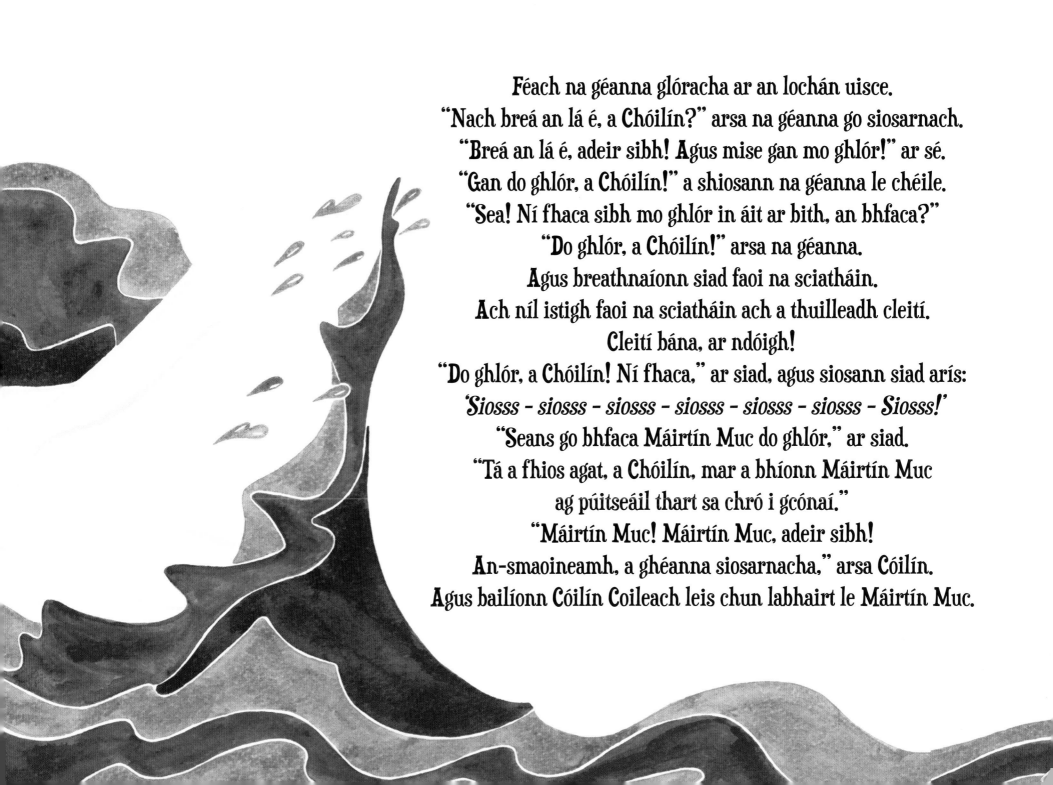

Féach na géanna glóracha ar an lochán uisce.
"Nach breá an lá é, a Chóilín?" arsa na géanna go siosarnach.
"Breá an lá é, adeir sibh! Agus mise gan mo ghlór!" ar sé.
"Gan do ghlór, a Chóilín!" a shiosann na géanna le chéile.
"Sea! Ní fhaca sibh mo ghlór in áit ar bith, an bhfaca?"
"Do ghlór, a Chóilín!" arsa na géanna.
Agus breathnaíonn siad faoi na sciatháin.
Ach níl istigh faoi na sciatháin ach a thuilleadh cleití.
Cleití bána, ar ndóigh!
"Do ghlór, a Chóilín! Ní fhaca," ar siad, agus siosann siad arís:
'Siosss - siosss - siosss - siosss - siosss - siosss - Siosss!'
"Seans go bhfaca Máirtín Muc do ghlór," ar siad.
"Tá a fhios agat, a Chóilín, mar a bhíonn Máirtín Muc
ag púitseáil thart sa chró i gcónaí."
"Máirtín Muc! Máirtín Muc, adeir sibh!
An-smaoineamh, a ghéanna siosarnacha," arsa Cóilín.
Agus bailíonn Cóilín Coileach leis chun labhairt le Máirtín Muc.

Agus dídeal-daighdil-dó,
Is ar aghaidh le Cóilín-ó,
Nó go dtagann sé a fhad le Máirtín Muc.

Tá Máirtín Muc ina sheasamh i gceartlár an chró.

"*Oinc, Oinc*, a Chóilín," arsa Máirtín. "An bhfuil aon scéala agat?"

"Scéala! Scéala!" arsa Cóilín Coileach. "Tá, agus drochscéala."

"Drochscéala, a Chóilín!" arsa Máirtín. "Ná habair! Agus céard é féin?"

"Féach, a Mháirtín, nach bhfuil agam ó mhaidin ach an cogar."

"Ó, a dhiabhail! Drochscéala ceart, más ea! Gan agat ach an cogar! Gan aon *choc-a-dúdail-dú*, an ea?"

"Sea, gan agam ach an cogar. Gan aon *choc-a-dúdail-dú* ! Tá mo ghlór caillte agam.

Ní fhaca tú mo ghlór in áit ar bith, an bhfaca?" arsa Cóilín.

Bhuel, breathnaíonn Máirtín faoina chrúibín clé, ach níl aon ghlór ann.

Breathnaíonn Máirtín faoina chrúibín deis agus níl aon ghlór ann.

"*Oinc, Oinc*," arsa Máirtín, "ní fhaca mé do ghlór in áit ar bith.

Ach féach, a Chóilín, cuir ceist ar Bhláithín Bó. Níl rud nach bhfeiceann sise."

"Cuir ceist ar Bhláithín Bó, an ea?" arsa Cóilín. "Sin smaoineamh, ceart go leor!"

Agus bailíonn Cóilín Coileach leis chun labhairt le Bláithín Bó.

Agus dídeal-daighdil-dó,
Is ar aghaidh le Cóilín-ó,
Nó go dtagann sé a fhad le Bláithín Bó.

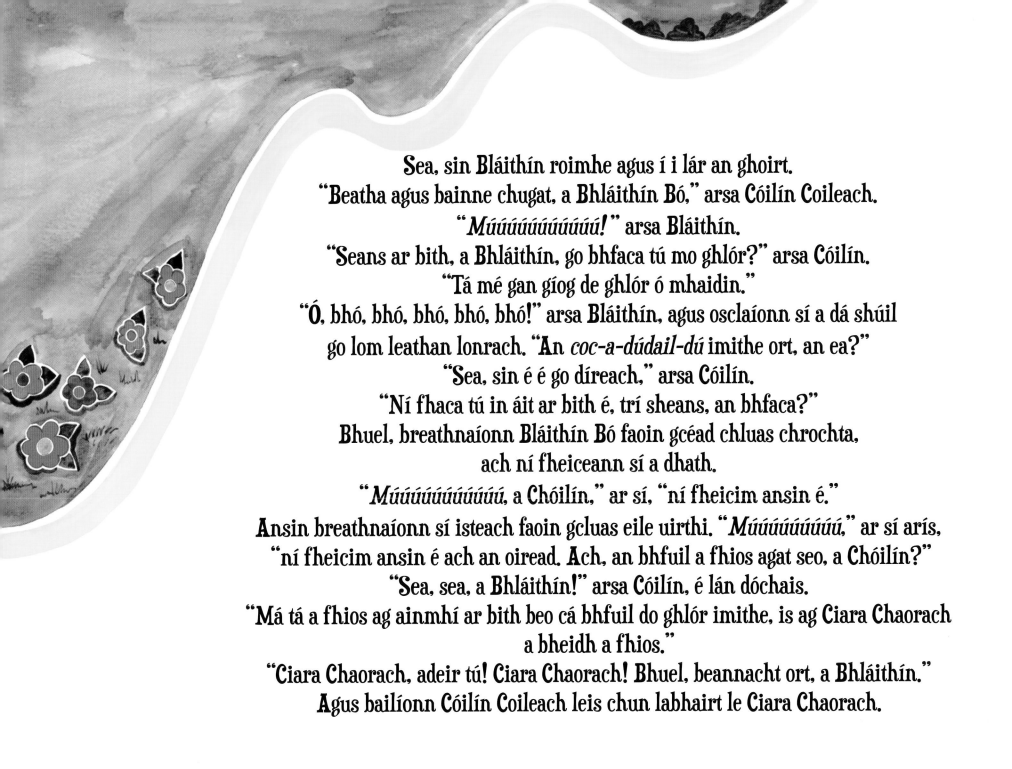

Sea, sin Bláithín roimhe agus í i lár an ghoirt.

"Beatha agus bainne chugat, a Bhláithín Bó," arsa Cóilín Coileach.

"*Múúúúúúúúúúúú!*" arsa Bláithín.

"Seans ar bith, a Bhláithín, go bhfaca tú mo ghlór?" arsa Cóilín.

"Tá mé gan gíog de ghlór ó mhaidin."

"Ó, bhó, bhó, bhó, bhó, bhó!" arsa Bláithín, agus osclaíonn sí a dá shúil
go lom leathan lonrach. "An *coc-a-dúdail-dú* imithe ort, an ea?"

"Sea, sin é é go díreach," arsa Cóilín.

"Ní fhaca tú in áit ar bith é, trí sheans, an bhfaca?"

Bhuel, breathnaíonn Bláithín Bó faoin gcéad chluas chrochta,
ach ní fheiceann sí a dhath.

"*Múúúúúúúúúúúú*, a Chóilín," ar sí, "ní fheicim ansin é."

Ansin breathnaíonn sí isteach faoin gcluas eile uirthi. "*Múúúúúúúúúú*," ar sí arís,
"ní fheicim ansin é ach an oiread. Ach, an bhfuil a fhios agat seo, a Chóilín?"

"Sea, sea, a Bhláithín!" arsa Cóilín, é lán dóchais.

"Má tá a fhios ag ainmhí ar bith beo cá bhfuil do ghlór imithe, is ag Ciara Chaorach
a bheidh a fhios."

"Ciara Chaorach, adeir tú! Ciara Chaorach! Bhuel, beannacht ort, a Bhláithín."

Agus bailíonn Cóilín Coileach leis chun labhairt le Ciara Chaorach.

Agus dídeal-daighdeal-dó
Is ar aghaidh le Cóilín-ó
Nó go dtagann sé a fhad le Ciara Chaorach.

"A Chiara, a Chiara," arsa Cóilín Coileach, "ní fhaca tú mo ghlór, an bhfaca?"

"*Baaaaaaa*, a Chóilín!" arsa Ciara Chaorach. "Ná habair gur chaill tú do ghlór!"

"M'anam gur chaill, a Chiara," arsa Cóilín. "*Baaaa – baaaa!*" arsa Ciara.

"Ná bí buartha. Tá be*aaaa*lach agamsa le glór a thabhairt ar ais duit."

"Be*aaaa*lach agat le glór a thabhairt ar ais dom, an ea!" arsa Cóilín. "Agus cén chaoi sin?"

"Féach, a Chóilín," arsa Ciara, "b*aaaa*infidh mise díom

mo chóta caorach agus tabharfaidh mé duitse é le cur ort féin.

Má chuireann tú ort é, a Chóilín, geallaim duit go mbeidh glór ar ais chugat

nuair a dhúiseoidh tú le héirí na gréine maidin amárach.

Bhuel, baineann Ciara di agus cuireann Cóilín air.

Ansin bailíonn Cóilín Coileach leis go sona sásta, agus a chóta nua air.

"Be*aaaa*nnacht leat, a Chóilín," arsa Ciara.

Ach is cuma le Cóilín Coileach Ciara Chaoireach anois, agus a cóta tógtha aige.

Crochann sé a chloigeann go hard san aer agus siúlann sé leis.

Maidin lá arna mhárach gliúcann an ghrian os cionn na gcnoc.

Leis sin, dúisíonn Cóilín Coileach agus siúlann sé isteach i gclós na feirme.

Tá na hainmhithe go léir ag breathnú air agus ar an gcóta breá nua atá air.

Ach tá Cóilín beag beann ar na hainmhithe eile.

Tá Cóilín dathúil. Tá Cóilín mustrach. Tá Cóilín lán de féin.

Preabann sé aníos ar an sconsa agus osclaíonn sé a bhéal chun an lá a fhógairt.

"*Baaaa-baaaa-baaa!*" arsa Cóilín in ard a ghutha.

"Céard seo?" ar sé, agus iontas air.

Ansin, triaileann sé arís é: "*Baaaa-baaaa-baaaa!*" ar sé den dara huair.

"Céard seo, céard seo?" ar sé fós eile. "Ní hin mo *choc-a-dúdail-dú-sa*!"

Agus tá ainmhithe eile na feirme ins na trithí gáire faoi.

"Ní hin do *choc-a-dúdail-dú-sa*, a Chóilín," arsa na hainmhithe leis.

"Sin *baaaa-baaaa-baaaa* Chiara Chaorach."

Bhuel, léimeann Cóilín de phreab anuas den sconsa agus tá fearg mhór air.
Caitheann sé uaidh cóta Chiara Chaorach agus as go brách leis geata chlós na feirme amach.

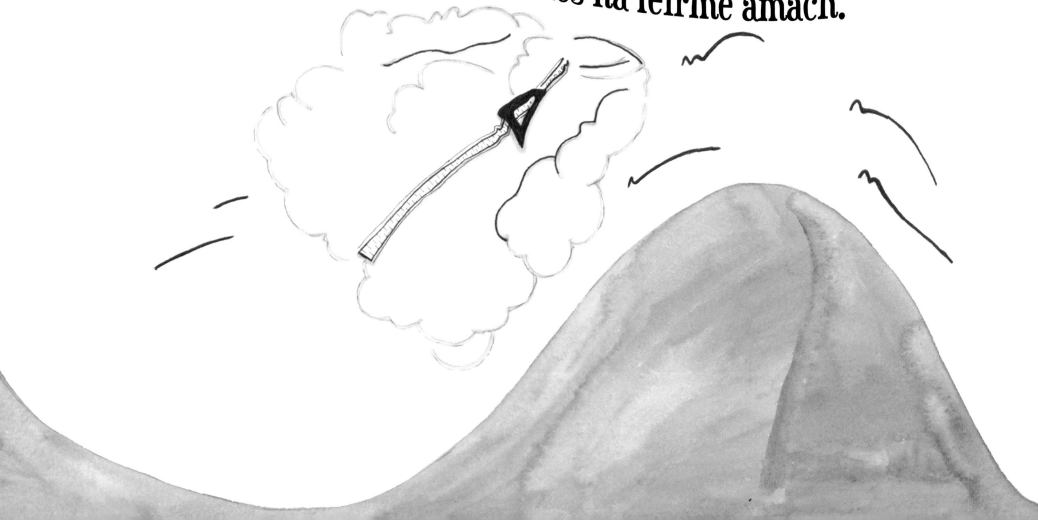

Tamaillín ina dhiaidh sin, isteach le Cóilín Coileach i gclós na feirme arís.

Tá na hainmhithe eile ann i gcónaí, agus iad ag breathnú air.

Mmm, nach é Cóilín atá dathúil! Nach é Cóilín atá mustrach! Nach é Cóilín atá lán de féin!

Agus féach dathanna áille na gcleití atá air.

Cleití gorma, cleití donna, cleití buí agus cleití dearga. Cleití Chóilín Coileach!

In airde leis de phreab ar bharr an sconsa agus ardaíonn sé a chloigeann i dtreo na gréine.

Tarraingíonn sé anáil mhór fhada agus músclaíonn sé a mhisneach.

Agus, leis sin, go bog, go híseal, go faiteach: *"Coc-a-dúdail-dú!"*

Ansin, den dara huair, go bog íseal faiteach: *"Coc-a-dúdail-dú!"*

Leis sin, tarraingíonn sé anáil ábhalmhór ar fad isteach ina scámhóga agus ligeann leis:
"Coc-a-dúdail-dúúúúúúúú! Coc-a-dúdail-dú-dú-dú! Coc-a-dúdail, coc-a-dúdail, coc-a-dúdail-dúdail-dúdail-dúdail-dú-dú-dú! Cocailí-dúdalaí-dúdalaí-dídealaí-daighdealaí-dódalaí-dúdalaí-dú-dú-dú! Coc-a-dúdail-dú!"

Ré Ó Laighléis, *Scríbhneoir*

Is as Sail an Chnocáin i mBaile Átha Cliath do Ré Ó Laighléis, ach tá cónaí anois air sa Bhoireann i gContae an Chláir. Is scríbhneoir leabhar do pháistí, dhéagóirí agus dhaoine fásta é. Scríobhann sé i nGaeilge agus i mBéarla. Tá mórchuid duaiseanna náisiúnta agus idirnáisiúnta gnóthaithe aige agus tá go leor dá scríbhinní aistrithe go teangacha eile. D'oibrigh Ré agus AnnMarie McCarthy le chéile cheana ar an tsraith dhátheangach *Fungie, Fungie & Mara* agus *Fungie & An Tine Mhór*. Ar chuid de na saothair is mó cáil le Ré tá *Gafa, Ecstasy & other stories, An Nollaig sa Naigín, Hooked, Bolgchaint agus scéalta eile, Punk, Osama, Obama, Ó, a Mhama!* agus iliomad eile.

AnnMarie McCarthy, *Ealaíontóir*

Is as Luimneach do AnnMarie McCarthy. Ghlac sí céim i nDearadh Éadaí sa Choláiste Ealaíne agus Dearaidh, Luimneach. Ghnóthaigh sí dioplóma i ndearadh leabhar do pháistí sa London Art College agus tá gradaim bronnta uirthi as a hobair dhearaidh ar Fheisteas Cniotáilte do Pháistí. Tugann AnnMarie ceardlanna san ealaín i leabharlanna agus scoileanna in Éirinn agus thar lear. Go nuige seo, chomhoibrigh sí le Ré Ó Laighléis i ndéanamh na sraithe *Fungie*. Is é *An Coileach a Chailleann a Ghlór* an saothar is déanaí uathu agus, i láthair na huaire, tá an bheirt acu ag obair ar shraith úrnua eile don léitheoir óg.

Comhiarrachtaí eile leis na hÚdair Chéanna

Fungie (MÓINÍN, 2010)
Fungie le DVD (MÓINÍN, 2011)
Fungie & Mara (MÓINÍN, 2011)
Fungie & An Tine Mhór (MÓINÍN, 2012)

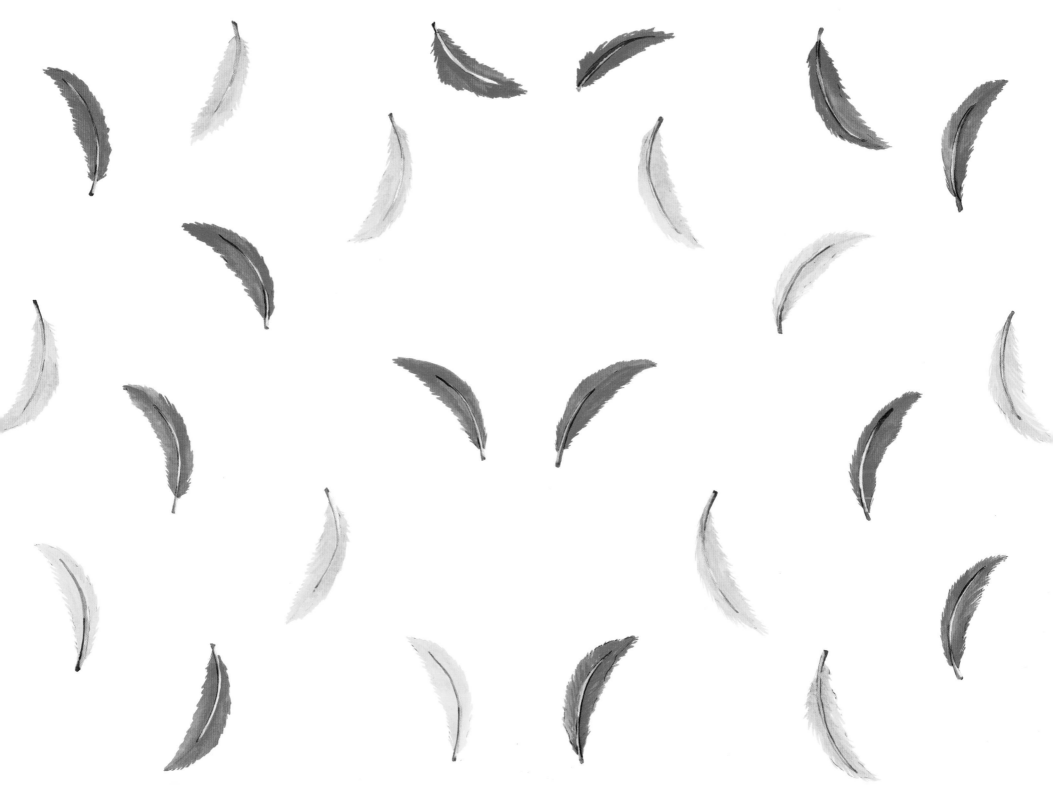

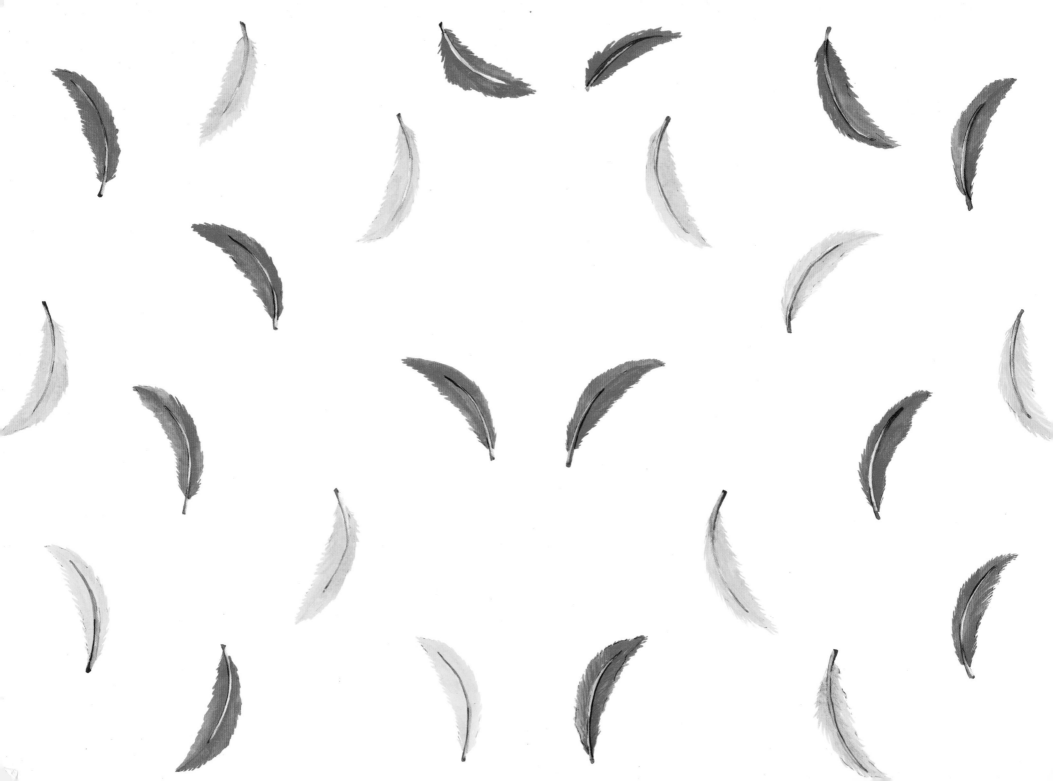